M. MALCHANCE
a perdu la mémoire

MONSIEUR MADAME
Publié pour la première fois par Egmont sous le titre *Mr. Bump loses his memory*.
Traduction : Anne Marchand-Kalicky.

M. MALCHANCE
a perdu la mémoire

Roger Hargreaves

hachette
JEUNESSE

Monsieur Malchance était ce genre de personne à qui il arrivait toujours des malheurs.

Des petits…

Des moyens…

Et surtout des grands.

Un matin, monsieur Malchance sortit du lit… ou plutôt tomba du lit, comme il le faisait chaque jour.

Il se releva, tira les rideaux et ouvrit la fenêtre. C'était une belle journée.

Il se pencha sur le rebord, inspira profondément l'air frais et, boum ! il tomba de sa fenêtre.

Il se retrouva dehors sur les fesses et se frotta la tête.

Soudain, il réalisa qu'il n'avait aucune idée de l'endroit où il se trouvait.

Il ne savait pas à qui appartenait le jardin, où il était assis, ni à qui était la maison qui se dressait derrière lui. Il ne savait pas non plus qui il était…

Monsieur Malchance avait perdu la mémoire !

Monsieur Malchance se dirigea vers la barrière
et regarda en bas de la rue.
Monsieur Méli-Mélo passait justement par là.
– Bonsoir, dit-il.
C'était bien le matin mais comme d'habitude, monsieur
Méli-Mélo confondait tout.
– Je crois que j'ai perdu la mémoire, expliqua monsieur
Malchance. Savez-vous comment je m'appelle ?
– Évidemment, vous êtes monsieur Prudent,
répondit monsieur Méli-Mélo.

Monsieur Malchance était rassuré !

Monsieur Malchance décida alors de se rendre en ville. La première personne qu'il rencontra fut madame Paquet, l'épicière, qui portait de lourds cartons.

– Bonjour, salua monsieur Malchance. Je suis monsieur Prudent, puis-je vous aider ?

– Vous tombez bien ! répondit madame Paquet. J'ai justement besoin d'une personne très prudente pour livrer ces œufs.

Monsieur Malchance prit les œufs et descendit la rue.
Et parce qu'il était monsieur Malchance, il glissa, tomba et brisa tous les œufs.

– Eh bien, pour un monsieur Prudent, vous n'êtes pas très prudent ! gronda madame Paquet.

– Je suis désolé, bredouilla monsieur Malchance.

Monsieur Malchance continua sa promenade et passa devant la laiterie. Monsieur Bouteille, le directeur, s'avança vers lui.

– Bonjour, salua monsieur Malchance. Je suis monsieur Prudent, puis-je vous aider ?

– Quelle aubaine ! dit-il. J'ai justement besoin d'une personne très prudente pour faire ma distribution de lait.

Monsieur Malchance se mit au volant et démarra.
Mais au moment où il tourna au coin de la rue, il freina trop brusquement. Le camion se renversa, les bouteilles se brisèrent et tout le lait se répandit par terre.
– Eh bien, ce n'était pas très prudent de conduire ainsi ! gronda monsieur Bouteille.
– Je suis désolé, bredouilla monsieur Malchance.

Monsieur Malchance poursuivit son petit tour en ville et tomba bientôt sur monsieur Pinceau, le peintre, qui travaillait en haut d'une échelle.
– Bonjour, salua monsieur Malchance. Je suis monsieur Prudent, puis-je vous aider ?
– Oui, avec plaisir, répondit monsieur Pinceau. J'ai justement besoin d'une personne très prudente pour me passer le pot de peinture.

Monsieur Malchance grimpa les premières marches de l'échelle avec le pot de peinture dans ses mains mais comme tu peux t'en douter, il tomba et toute la peinture se renversa sur sa tête.

Monsieur Malchance décida de s'éloigner vers la forêt.
« Je ne comprends pas, pensa-t-il. Je suis monsieur Prudent mais je ne sais rien faire sans être maladroit. »

À ce moment-là, il fonça contre un arbre.

Boum !

« Ça alors ! se dit-il en se frottant la tête. Qu'est-ce que je fais ici ? Je pensais être en train d'ouvrir la fenêtre de ma chambre... Mais d'où vient cette peinture ? »

Toi tu le sais, n'est-ce pas ?

C'est alors que monsieur Fermier, qui passait par là, lui cria :
– Attention !
« Tiens, j'ai déjà entendu ça quelque part »,
se dit monsieur Malchance...

… juste avant de tomber la tête la première dans la rivière.

RÉUNIS VITE LA COLLECTION ENTIÈRE

1 MME AUTORITAIRE
2 MME TÊTE-EN-L'AIR
3 MME RANGE-TOUT
4 MME CATASTROPHE
5 MME ACROBATE
6 MME MAGIE
7 MME PROPRETTE
8 MME INDÉCISE
9 MME PETITE
10 MME TOUT-VA-BIEN
11 MME TINTAMARRE
12 MME TIMIDE
13 MME BOUTE-EN-TRAIN
14 MME CANAILLE
15 MME BEAUTÉ
16 MME SAGE
17 MME DOUBLE
18 MME JE-SAIS-TOUT
19 MME CHANCE
20 MME PRUDENTE
21 MME BOULOT
22 MME GÉNIALE
23 MME OUI
24 MME POURQUOI
25 MME COQUETTE
26 MME CONTRAIRE
27 MME TÊTUE
28 MME EN RETARD
29 MME BAVARDE
30 MME FOLLETTE
31 MME BONHEUR
32 MME VEDETTE
33 MME VITE-FAIT
34 MME CASSE-PIEDS
35 MME DODUE
36 MME RISETTE
37 MME CHIPIE
38 MME FARCEUSE
39 MME MALCHANCE
40 MME TERREUR
41 MME PRINCESSE

DES **MONSIEUR MADAME**

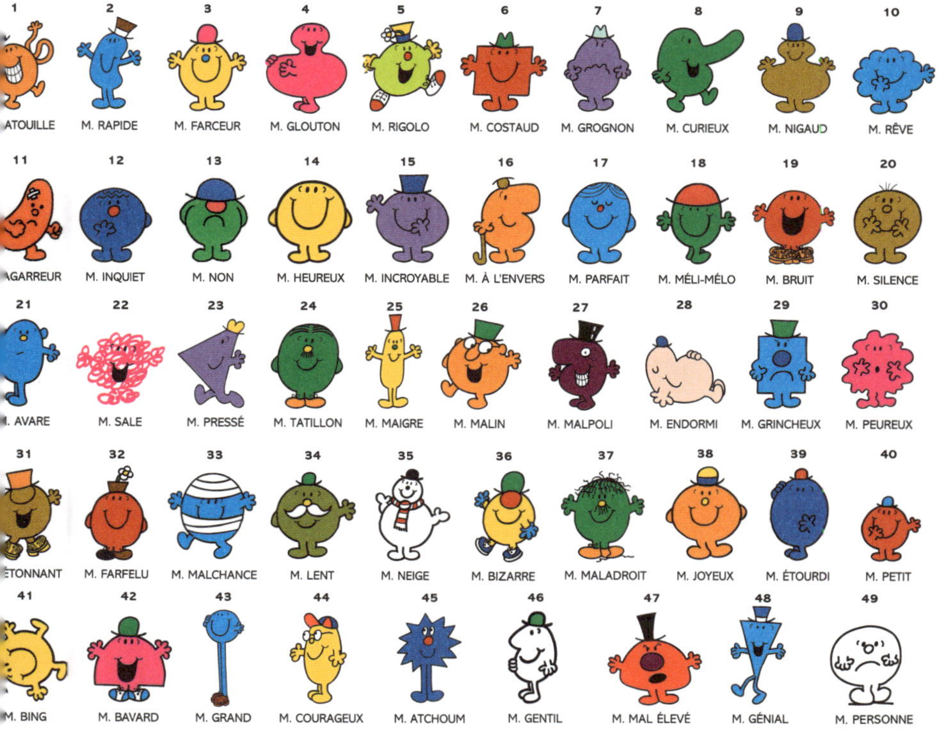

Édité par Hachette Livre – 43, quai de Grenelle, 75905 Paris Cedex 15.
ISBN : 978-2-01-227185-2
Dépôt légal : octobre 2012
Loi n°49-956 du 16 juillet 1949 sur les publications destinées la jeunesse.
Imprimé par IME (Baume-les-Dames), en France.